50 plus

Willkommen in der 2. Pubertät

Ab jetzt wird das Leben bunt

Von Jacqueline Schober

1. Auflage, Januar 2018
Copyright © Jacqueline Schober
Coverdesign: Anja Horn, Markenhund
Foto: Adobe Stock, ayelet_keshet
Jacqueline Schober
26441 Jever
E-Mail
Jacqueline.schober@yahoo.de

Bibliografische Information der Deutschen
Nationalbibliothek:
Die Deutsche Nationalbibliothek verzeichnet diese
Publikation in der Deutschen Nationalbibliografie;
detaillierte bibliografische Daten sind im Internet über
http://dnb.dnb.de abrufbar.

© 2018
Herstellung und Verlag: BoD – Books on Demand,
Norderstedt.
ISBN: 9783746029443

Inhaltsverzeichnis

Vorwort

In afrikanischen oder asiatischen Kulturen gelten Frauen, deren Menstruation ausbleibt, als weise und anbetungswürdig. In unserer westlichen Kultur werden diese Frauen als alt, merkwürdig und eigenartig bezeichnet. Bullshit! Ich bin eindeutig für die asiatische Einstellung.

Wir sind nicht weise, aber anbetungs - würdig. Wir sind nicht alt, aber merk – würdig und wir sind eigen - artig. Mit anderen Worten: wir sind würdig, dass man uns anbetet, also merkt euch das. Wir sind eigen, aber nicht artig.
Wir sind eben fantastisch. Da kommt das Wort „Fan" drin vor.

Ich bin eine Frau über 50. Und du darfst mein Groopie sein.

50 plus ist geil

Ein jüngerer Mensch denkt vielleicht, das Leben wäre mit 50 und ein paar Zerquetschten vorbei. Der Zug ist abgefahren, die jugendliche Schönheit dahin und wird zunehmend durch ein hübsches Muster an Falten so überall am Körper ersetzt. Von den Besenreißern mal ganz zu schweigen. Immerhin könnten die ganzen roten und blauen Linien an den Beinen durchaus die Deutschlandkarte darstellen.

Aaaber: weit gefehlt, liebe Leute. Wir, mit 50plus, haben so viele Vorteile im Leben, dass so mancher Jungspund blass vor Neid werden kann. Euch sage ich, freut euch auf die wilden 50er. Sie sind spannend.

Beginnen wir mit den Vorteilen:

Keine sexuelle Belästigung mehr. Weder am Arbeitsplatz, noch auf Partys oder in Bars. Die Frage, ob ich meinen Bauch einziehen soll, wenn mir ein männliches Wesen hinterher gafft, hat sich erübrigt.

Gafft keiner mehr. Also, ein Problem weniger.

Hungern für die Bikinifigur? Was'n für'n Bikini? Hab ich nicht mehr. Denn mal ehrlich, nach dem Kinderkriegen kamen die Besenreißer und dann die Cellulite. Oder auch alles auf einmal? Ich weiß es nicht mehr. Ich bin nicht mehr knackig, sondern eher weich und kuschelig. Und wenn was knackt, dann sind es die Knochen.

Meine Kinder sind erwachsen und wohnen auch nicht mehr bei Muddi. Tschakka, ich habe sauber abgeliefert und sie besuchen mich tatsächlich öfter als zu Weihnachten. Kann also nicht alles falsch gewesen sein. Ich bin stolz auf sie, denn sie sind verdammt gut geraten. Ich muss mir keine Sorgen mehr um die Schule machen, keine zerrissenen Klamotten ersetzen, oder mich fragen, was aus ihnen werden soll. Oder dieses ewige Wachstum im Auge behalten, in dem man ständig neue Sachen von seinem hart erarbeiteten Geld kaufen muss. Shopping betreibe ich jetzt ausschließlich für mich selbst. Granatenstark!

Mit 50plus bemitleide ich die jungen, oft genervten Mütter, wenn sie im Schuhladen nach passendem Schuhwerk für ihre Kids suchen, währenddessen sich ihr Nachwuchs verdünnisiert und den gesamten Laden tyrannisiert. Während den Muttis die Schweißperlen über die Stirn laufen und sie wüste Drohungen in Richtung ihrer Sprösslinge ausrufen, greife ich milde lächelnd zu den sündhaft teuren Stiefeln, die ich definitiv nicht brauche. Warum? Weil ich es kann. Ich muss nicht mehr hinter kleinen Kindern her rennen, die man auf hohen Absätzen nicht einholen kann.

Mein Beruf macht mir Spaß, ich habe in den ganzen Jahren an Sicherheit und Selbstvertrauen gewonnen und bin gut in meinem Job. Ich kann viel gelassener mit stressigen Situationen umgehen und lasse mich nicht mehr ausnutzen. Ich kenne meinen Wert.

Ich habe Spaß daran, etwas Neues zu lernen und mache das tatsächlich, wenn ich es will. Wer oder was hält mich auf? Manchmal habe ich richtig Lust, mich an der Uni einzuschreiben. Einfach, um die Kids dort zu schocken oder meinen

Studentenausweis lässig an der Kinokasse vorzulegen. Ein reizvoller Gedanke. Bist du Student, hast du eine Menge Vergütungen. Das bekommst du erst als Rentner wieder. Die Seniorenrabatte sind auch nicht zu verachten. In der Zeit dazwischen darfst du brav mehr zahlen. Das Schöne ist, ich muss keine Abschlussprüfungen mehr machen, oder komplizierte BaföG Anträge ausfüllen.

Überhaupt: Gelassenheit…. Das ist keine Krankheit, das ist ein Privileg. Ich kann entspannter an viele Dinge herangehen und auch mal etwas liegen lassen. Denn mal ehrlich: wer nimmt es mir denn weg? In meinem Alter ist die Gefahr von einem Herzinfarkt oder Schlaganfall heimgesucht zu werden größer, als vom Wäscheberg erschlagen zu werden. Was wäre denn der worst case, wenn ich heute die Bügelwäsche nicht mache? Ach, ich habe ja gar nicht mehr so viel Bügelwäsche. Sind ja keine Kinder mehr da. Ha, gewonnen!

Ich muss keine Hausaufgaben mehr betreuen, keine Vokabeln abfragen, niemanden mehr zum Sport fahren und nachts keinen sturzbesoffenen Teenie aus der Disco abholen, der mir dann die Nachtruhe raubt, indem er sich permanent übergibt.

Also, ich habe eindeutig mehr Zeit für mich und die Dinge, die ich mag. Und ich mag eine Menge Dinge. Teure, bunte Cocktails mit Schirmchen zum Beispiel. Essengehen mit Freunden und dabei neue Lokale ausprobieren.

Meine Falten habe ich mir hart erarbeitet. Sie erzählen mein Leben. Die guten und die weniger guten Zeiten. Ich habe Falten vom Stirnrunzeln, von Sorgen und vom Lachen. Ja, so ist das.

Also, liebe Frauen, seid stolz auf das, was ihr bis jetzt erreicht habt. Auf eure Falten, Dellen und das Knacken in den Gelenken. Es könnte schlimmer sein. Genießt das Leben, eure Gelassenheit, entspannt euch und macht euch noch genau eine einzige top-do-Liste: nämlich die mit den Sachen, die ihr immer schon mal machen wolltet. Und dann geht los und macht sie.

Wir sind witzig, spritzig, frech und gut drauf. Und es nimmt uns heute keiner mehr übel. Ich sag ja, 50plus ist geil!

Ich bin meine eigene Heizung

Welche Frau kennt das nicht? Ein Leben lang kalte Füße. Bei mir musste nur der Sommer etwas frischer sein, also unter 22 Grad und schon bekam ich im wahrsten Sinne des Wortes kalte Füße.

In der letzten Zeit hat sich das tatsächlich geändert. Nix mehr Frostbeule und die kalten Füße abends dem Partner unter die Hosenbeine stecken, bis er quietscht. Im Gegenteil. Heute bin ich meine eigene Heizung. Okay, das ist nicht immer so angenehm wie es klingt. Kleine Einschränkungen und Fehltemperaturen muss ich hinnehmen. Wenn mein innerer Thermostat hochdreht, kann das auch schon mal in Situationen passieren, die völlig unangebracht sind. Abends im Restaurant z. B., oder wenn ich mit Freunden nett zusammen sitze. Gern auch mal während ich einen Vortrag halte.

Dann zieht so ein warmes Gefühl durch meinen Körper und meine innere Heizung springt an. Schwups, Schweiß-ausbruch. Alle Poren öffnen sich. Aber

Frau wird ja pfiffig. Zu öffentlichen Veranstaltungen trage ich dann eben nur noch gedeckte Farben. Wie z. B. ein fröhliches Schwarz. Wenigstens verhindern dunkle Farben, dass die Sturzbäche, die sich in einigen Körperregionen bilden, sichtbar werden. Gut, den feuchten Haaransatz muss man sich dann eben wegdenken. Oder gekonnt überspielen. Miss Wetlook ist ein toller Style. Einfach bei einem akuten Klimawechsel zur Toilette gehen und sozusagen frisch gegelt wieder erscheinen. Da kriegst du echt Komplimente für deinen Wetlook. Wie meine Oma immer zu sagen pflegte: „doof darf man sein, man muss sich nur zu helfen wissen."

Seit ich gelegentliche Wärme-regulierungsschwankungen habe, bekomme ich immer wieder nette Komplimente. „Du siehst heute aber frisch aus. Was für eine gesunde Gesichtsfarbe du hast." Klar, wenn innerlich die Sauna läuft, gibt das einen sehr gesunden Teint. Aber eben auch endlich warme Füße.

Kann sein, dass die Nachtruhe etwas durcheinander gerät. Wer mitten in der Nacht den Brenner laufen hat, reißt zunächst mal alle Fenster auf und strampelt die Bettdecke von sich. Am besten stehst du dann gleich auf. Mein Kreislauf ist dermaßen in Schwung, dass ich nachts schon mal den halben Haushalt erledige. Nicht unbedingt bügeln liebe Damen, das heizt noch mehr auf, aber Staubwischen, Aufräumen, Wäsche waschen oder, in meinem Fall, auch schon mal Schreiben. Ich bin nachts plötzlich furchtbar kreativ. Wenn alles so schön ruhig und mollig warm ist, kann ich prima schreiben.

Die innere Heizung spornt mich zu Höchstleistungen an. Also, wälzt euch nicht ruhelos im Bett herum. Ihr könnt eh nicht schlafen. Ihr ärgert euch nur, wenn ihr euch von links nach rechts dreht. Aufstehen, schon mal ein bisschen was tun und wenn die gewünschte Temperatur sich wieder eingependelt hat, beruhigt schlafen legen. Immerhin müsst ihr den Kram morgen nicht mehr erledigen. Das gibt ein gutes Gefühl.

Fassadenmalerei

Kennst du das auch? Früher hast du dich mal eben geschminkt. Ein bisschen Puder und Lippgloss und schon warst du ausgehfertig. Ich benötige heute wesentlich mehr Zeit vor dem Spiegel, um ein gutes Ergebnis zu erzielen. Das wird mehr Fassadenmalerei, statt schminken. Waren meine Wimpern früher von Natur aus dunkel, sind sie heute deutlich heller. Böse Zungen behaupten sie wären grau. Ich nenne das liebevoll „antikblond". Dieses antikblond habe ich auch vermehrt auf dem Kopf. Die Besuche beim Friseur dauern um einiges länger und werden schon sehr viel regelmäßiger. Hieß es früher, alle paar Monate mal nachschneiden lassen, so kam irgend-wann das Färben hinzu. Okay, ich gebe es zu, inzwischen wird mein Friseur euphorisch wenn ich erscheine. Immerhin besuche ich ihn schon fast monatlich. Wir sind gute Freunde geworden. Wenn ich dort einen Termin habe, fragt niemand mehr, was ich trinken möchte. Der Cappuccino mit extra Milchschaum wird mir gleich serviert. Natürlich gibt es Frauen, deren antikblond einfach nur umwerfend dekorativ aussieht. Das ist bei mir eher nicht der Fall. Von Haus aus straßenköterblond wird auch in antikblond nicht hübscher. Ich muss aber sagen, dass die antiken Haare, die hier und da durchscheinen, sehr viel kräftiger sind und meinem Haar mehr Fülle geben. Na, das ist doch großartig. Endlich Volumen im Haar.

Mehr Probleme bereitet mir die dekorative Gesichtskosmetik: krabbelt der Puder auch nicht in die Falten? Kann man einzelne Hautpartien aufhellen, sodass sie straffer aussehen und beginnende Altersflecken überdecken? Wie bekomme ich einen schicken Lidstrich hin, wenn ich alles verschwommen sehe?

Schminken mit Brille auf der Nase ist eine Kunst. Ich benutze inzwischen einen tollen Spiegel. Mit 5facher Vergrößerung! Kleiner Tipp: betrachte dich in so einem Spiegel bitte nur partiell und beschränke dich auf die Gesichtsteile, die du gerade bearbeiten möchtest. Bei dieser Vergrößerung siehst du Falten, die du in 5 Jahren erst bekommen wirst. Und denke daran, dass Andere in deinem Alter immerhin genauso schlecht gucken können wie du. Wenn der Lidstrich also nur zu 95% gerade sitzt, reicht das völlig und sieht für die Anderen immer noch perfekt aus. Das tröstet.

Altbaucharme

Sei ehrlich. Wie lange hast du gebraucht, um dieses Wort korrekt zu lesen? Keine Sorge, das hat nichts mit dem Alter zu tun. Im Gegenteil. Ich denke, dass wir das schneller richtig lesen können, als die Jugend. Aber kommen wir zum Thema:

Stehst du morgens auf und hast das Bedürfnis dich erst einmal unters Bügeleisen zu legen? Reißt du die Augen weit auf, weil deine Schlupflider verhindern, dass du einen klaren Blick hast? Werden die Arme schon zu kurz, wenn dir jemand ein Foto auf seinem Handy vor die Nase hält und du mindestens 2 Meter zurückgehen musst, um überhaupt etwas zu sehen? Trägst du schon dauerhaft die Lesebrille oder denkst du über eine Brillenkette nach, von der du früher behauptet hast, nur alte Damen würden so etwas tragen?

Mein Tipp: Nutze den koketten Blick über den Brillenrand aus. Der kommt wahnsinnig gut bei den Männern an. Die

Brille bis zur Nasenspitze herunterziehen, koketter Blick nach oben, gefolgt von einem neckischen Zwinkern. Ebenso kannst du das Gleiche mit einem bösen Blick versuchen. Der strenge Blick über den Brillenrand kann so stechend und beeindruckend sein. Vielleicht ziehst du noch skeptisch eine Augenbraue hoch? In Meetings und bei Verhandlungen verschafft dir das eine unglaubliche Autorität. Mit diesem Blick kriegst du einen Autoverkäufer beim Kauf eines Neuwagens ohne Worte dazu den Kaufpreis noch einmal zu überdenken. Oder du handelst locker ein paar Extras aus. Klasse!

Wegen der Winkearme schaust du in Katalogen gar nicht erst nach ärmellosen Oberteilen? Sieh es positiv. Das spart eine Menge Zeit. Je nach Figurtyp blendest du kurze Hosen oder Miniröcke aus, trägst nicht mehr taillenbetont, weil da keine Taille mehr ist, wählst gedecktere Farben oder kunterbunte wegen der inneren Heizung oder trägst lieber weich fließende lockere Stoffe? Herzlichen Glückwunsch: du weißt eben, deine Vorteile zu betonen. So manch weiblicher Teenie sieht doch in Jeansleggins, engen Shirts und Turnschuhen aus wie eine zu fest gestopfte Leberwurst auf Kurzstelzen. Du weißt wenigstens, was dir steht. Think positive.

Apropos Altbau-Charme: wer kennt ihn nicht, den Charme alter Häuser? Menschen legen sich bewusst alte Häuser zu und renovieren sie aufwändig und liebevoll. Nun, das tun wir schließlich auch. Dafür muss uns keiner kaufen oder renovieren. Das können wir selbst. Aber man darf uns schätzen und liebevoll behandeln. Der Unterschied zu uns und alten Gebäuden ist folgender: in alten Häusern versucht man die Feuchtigkeit aus den Wänden heraus zu bekommen damit nichts schimmelt. Wir versuchen, mehr Feuchtigkeit in unser Gebäude hinein zu bekommen, weil unsere Hautzellen auf Entschleunigung gepolt sind und sich nicht mehr so fix erneuern wie früher. Dafür schimmeln wir nicht. Mein Hüftspeck hat zum Glück kein Verfallsdatum.

Für dein Alter siehst du aber noch gut aus

Nach deiner Fassadenmalerei bist du mehr als zufrieden mit dir und verlässt das Haus. Kommst auf der Arbeit mit netten, jüngeren Leuten ins Gespräch und irgendwann rutscht dir der Spruch raus: „Komm erst mal in mein Alter." Oder du sprichst locker über dein Kind, das vor kurzem 25 bis 30 wurde? Oder schmeißt eine Runde Prosecco, weil du Oma wirst? Bähm, schon geht's los: „Wie alt bist du denn?"

Ich bin der Meinung, dass man einer Frau diese Frage durchaus stellen darf. Macht ja keinen Sinn, sein Alter zu verleugnen, oder sich jünger zu machen. Die 39 nimmt dir eh keiner mehr ab und älter werden alle anderen auch von allein. Dass du beim Kauf von alkoholischen Getränken deinen Ausweis an der Kasse nicht mehr vorlegen musst ist keine Beleidigung. Jetzt mach bloß nicht den Fehler und lasse jüngere Menschen dein Alter schätzen. Das führt bei denen nur zu

Schweißausbrüchen. Entweder sie haben wirklich keine Ahnung, oder sie wollen freundlich sein. Wenn sie zu freundlich sind, fühlst du dich veräppelt, treffen sie aus Versehen dein Alter, bist du pikiert. Also lass es. Wir dürfen doch ehrlich sein. Es ist keine Schande, älter zu werden.

Aaaaber: stell dich auf den Spruch ein: „Für dein Alter siehst du aber noch gut aus." Würg! Liebe Leute, die ihr jünger seid, das solltet ihr besser nicht sagen. Was soll denn das bitteschön heißen? Okay, ich gestehe euch zu, dass ihr Jüngeren den Spruch als Kompliment meint. Ich aber fühle mich dann immer wie Methusalem. Definiere alt. Ich bin nicht alt, ich bin gut. Reif, gefestigt, selbstbewusst und reich an Erfahrung. Das mit dem weise sein muss ich allerdings noch üben. Ich albere nämlich ganz gern noch herum. Die Weisheit ist irgendwie an mir vorbei gegangen. Nach 2 alkoholischen Cocktails kichere ich wie ein Mädchen und auf Musikveranstaltungen oder bei Coverbands gröhle ich den Text mit und hopse im Takt dazu. Das nennt sich übrigens rhythmisches Gliederzucken.

Klar, Alter ist immer relativ. Ich kann mich noch gut an eine Situation erinnern, die ich mit Mitte dreißig erlebt habe. Da stehe ich mit meinen Freundinnen vor einer Diskothek und wir warten artig in der Schlange darauf, dass wir eingelassen werden. Vor mir dreht sich

ein pickeliger, dürrer Teenager um, der nur mit Muddizettel bis 24 Uhr Freigang hat und mustert uns. Sagt der doch glatt zu seinem gleichaltrigen Pickelkumpel: „Jetzt kommen die Weiber schon zum Sterben hierher." HALLO? Geht's noch?

Ihr seht also, mit 34 war ich in den Augen pubertierender Jünglinge schon alt. Knapp 20 Jahre später wäre ich wahrscheinlich bereits als Scheintote einzustufen, die nur zu faul ist umzukippen. Aber gut, die Jugend ist eben nicht immer feinfühlig. Was mich tröstet ist die Tatsache, dass besagter Pickel heute in dem Alter sein muss, indem ich damals war. Pickel hat er wahrscheinlich heute keine mehr, dafür gehen ihm wahrscheinlich schon die Haare aus. Dumm gelaufen, was?

Wenn ich es jetzt so recht überlege, ist der Spruch: „ Für dein Alter siehst du aber noch gut aus" dann doch nicht so schlimm.

Bauch, Beine, Po

Hab ich. Genug von allem. Früher nannte man das Rundungen. Heute werde ich von meiner jungen, durchtrainierten Ärztin mit den Worten: „ na, sie könnten aber auch mindestens 5 Kilo abnehmen", empfangen. Zum Glück werfen mich solche Sprüche nicht gleich aus der Bahn. Mein Motto: Nimm's leicht und lache darüber. Wenn du dann konterst, dass ein paar Pfund mehr auf den Hüften die Falten glatt ziehen und du nicht vorhast, wie eine Dörrpflaume auszusehen, sondern lieber wie eine frische, pralle Pflaume, darfst du gespannt die ärztliche Reaktion abwarten. In der Regel bekommt die Frau „Jung-und- knackig-Doktorsche" dann die Schnappatmung.

Vergiss dein Vorhaben, dich in schicke Sachen hinein hungern zu wollen. Hab ich versucht. Hat vor 4 Jahren noch super funktioniert. Mein Geheule durfte sich erst neulich eine befreundete Ernährungsberaterin an-hören. Nur 4 Jahre später fällt kein

Gramm mehr. Jedenfalls ab einem bestimmten Gewicht nicht. Sie laberte etwas von hormonellen Umstellungen und Wassereinlagerungen. Komisch, ich fühlte mich gleich wieder schwanger. Das kam mir bekannt vor. Gut, Schwangerschaft kann ich definitiv ausschließen. Bleiben wohl nur noch die Hmhmhm-Jahre. Böses Wort. Wechseljahre. Pfui! Klingt in dem Zusammenhang wie ‚fett für immer, gib dir keine Mühe'. Das ist wie beim Roulette, wenn der Croupier irgendwann die verhängnisvollen Worte: „rien ne va plus" (nichts geht) ausspricht.

Also, ab zum Sport. Bauch-Beine-Po. Klingt verlockend und macht Hoffnung. Okay, frag besser vorher, was das bringen soll. Bewegung ist gut. Auf jeden Fall. Wenn man so wie ich auf Grund seines Jobs zwar täglich in Bewegung ist, aber ansonsten sportliche Aktivitäten eher gegen Couchakrobatik eingetauscht hat, wird sein wahres Wunder erleben. Nach einer halben Stunde Bauch-Beine-Po hängt mir die Zunge bereits im Dekolleté. Es entsteht eine Mundwüste, bei der ich nur noch wie im besten Wüstenfilm „Wasser" krächzen kann. Au weia, das ist hart. Meine Kondition lässt schwer zu wünschen übrig. Am liebsten würde ich mich auf den Boden schmeißen, mich tot stellen und auf den Rettungswagen, oder die letzte Ölung warten. Na gut, mein Stolz bewahrt mich schließlich davor, die Dramaqueen zu geben. Blöderweise habe ich nach der Folterstunde einfach nur noch Hunger. Auf Eis. Mit Sahne. Ein großes Eis mit Sahne! Und Torte! Gut, das ist wohl leicht kontraproduktiv. Dabei will ich doch nur meine „sie könnten 5 Kilo abnehmen" Tussie-Ärztin zufrieden stellen. Und in den schicken Hosen-anzug passen, den ich mir gekauft habe. Nach wie vor gilt: „I'll do my very best!" Dummerweise sagt das die Torte auch und lässt sich artig auf meinen Hüften nieder.

Apropos Ärzte: Wenn du feststellst, dass der Gynäkologe deines Vertrauens seine Praxis an seinen frisch von der Uni kommenden Sohn übergeben hat. Vor dem du dann peinlich berührt stehst und auf seine Aufforderung, „Machen

Sie sich bitte frei" mit entsetzt quietschender Stimme antwortest : „Ganz?" Und sofort nach dem du zu Hause angekommen bist, die Google-suche nach „Gynäkologe über 45" bemühst? Du hast gute Chancen im Umkreis von 300 km einen zu finden. Kann man ja mit einem Kurzurlaub verbinden. Da wird der jährliche Besuch beim Frauenarzt zum Event.

Oder ist es dir auch schon mal peinlich gewesen, eine Einladung zum Mammographie-Bus zu erhalten der blöderweise an einem sehr belebten Ort steht? Meiner steht so zentral, dass die Menschen, die sich lässig in den Straßencafés rund um den Bus aufhalten, sofort wissen, was mein Zeitalter geschlagen hat.
Mein Tipp: Mach es wie die Queen – lächeln und winken. Aber pass auf die Winkearme auf. Immer schön die Oberarme an den Körper legen.

Wohnungsbrand oder Geburtstag?

Wenn deine Nachbarn die Feuerwehr rufen, nur weil auf deiner Geburtstagstorte die Anzahl der Kerzen tatsächlich mit deinem aktuellen Alter übereinstimmen und die Rauchentwicklung beim Auspusten dieser Kerzen in Richtung deiner Nachbarn geht…, dann vergewissere dich vorher, dass auch wirklich alle Fenster geschlossen sind. Und montiere bitte die Rauchmelder ab.

Mal ehrlich: Passen eigentlich noch alle Kerzen auf deine Geburtstagstorte? Oder brennt sie dann schon? Strahlt sie eine unglaubliche Hitze aus? Und ist sie nach dem Auspusten der Kerzen gleichmäßig mit einer Wachsschicht überzogen? Macht nichts. Wenn sie deswegen keiner mehr essen will, bleibt mehr für dich übrig.

Ich stehe unter Denkmalschutz

Ich bin der Meinung, uns Frauen über 50 sollte der Denkmalschutz zustehen. Wir wollen gehegt, gepflegt und geachtet werden.

Wir sind lebenserfahren, schlagfertig und haben einen unschätzbaren Humor.

Wir sind gelassen und wenn wir schlau sind, lassen wir jeden so sein, wie er ist.

Vom Oma-Dasein sind wir noch weit entfernt. Wir können noch immer die aktuelle Mode tragen, wissen was wir wollen und sind lebenslustig.

Wir genießen heute bewusster, gehen gelassen mit den Tücken des Alltags um und kümmern uns mehr um das, was uns wirklich Spaß macht.

Wir dürfen spontan sein und auch mal alle Fünfe gerade sein lassen. Der Alltag beherrscht uns nicht mehr, sondern wir beherrschen den Alltag. Darin sind wir inzwischen geübt, das läuft. Jetzt schreiben wir to-do-Listen mit all den tollen Dingen, die wir immer schon mal machen wollten. Wenn nicht jetzt, wann dann? Die Kinder sind aus dem Haus, die große Freiheit hat begonnen. Endlich können wir wieder an uns denken und dürfen ganz egoistisch unseren Interessen nachgehen. Urlaub, Wellness, Kaffeetrinken mit Freundinnen, shoppen gehen, Kinoabende, Grillpartys, Weinproben (sind unglaublich lustig, je später der Abend wird). Oder vielleicht ein neuer Job? Was immer du früher entbehren musstest, als das Geld sehr viel knapper war und die Kinder noch klein waren, darfst du heute Stück für Stück erkunden und genießen.

Wir haben verstanden, dass wir die Zügel für ein glückliches Leben in unserer Händen halten und dass es auf uns selbst ankommt, was wir aus unserem Leben machen.

Partnerschaft wird ganz anders gelebt. Intensiver, bewusster, inniger. Und wenn du bis jetzt nicht weißt, was du an deinem Partner liebst, dann solltest du dich neu orientieren.

Dinge, an die wir früher nicht einmal gewagt haben zu denken, leben wir heute aus.

Bei all den Aktivitäten, die der Alltag mit sich bringt, hetzen wir nicht mehr von einem Termin zum Anderen. Wir haben kein schlechtes Gewissen mehr, wenn mal etwas liegen bleibt.

Wir nehmen uns Zeit für uns selbst und sind gut zu uns.

Wir trennen uns schneller von Dingen, Situationen und auch Menschen, die uns nicht gut tun. Und das ist auch richtig so. Wir brauchen keine Menschen um uns herum, die uns nicht wertschätzen. Weg damit. Das Leben ist zu kurz für überflüssigen Ballast.

Ich kann heute tatsächlich einfach nur am Meer sitzen und nichts tun außer die Stimmung genießen. Oder durch den Wald laufen und bewusst den Geruch der Bäume riechen, die verschiedenen Vögel hören, oder andere Tiere beobachten.

Ich kenne meinen Körper sehr genau und weiß, was ich ihm zumuten kann und was ich besser bleiben lasse.

Wir wissen, dass „etwas hinter sich lassen", immer einen Neuanfang beinhaltet.

Wir haben Entscheidungen in unserem Leben getroffen, die auch mal nicht so gut waren. Wir sind gestrauchelt und hingefallen. Aber wir haben daraus gelernt.

Wir bringen Leichtigkeit in unser Leben und wissen genau, was wir wollen.

Also, her mit den Denkmälern für taffe Frauen.

Wegen Renovierungsarbeiten vorübergehend außer Betrieb

Wumms, da war es. Aufwachen und kein Zipperlein spüren, ist irgendwie schon länger nicht mehr drin. Bei mir haben sich die ganz drastischen körperlichen Unzulänglichkeiten anscheinend bereits in früheren Jahren erledigt. Kleine Anmerkung: ich hatte mit 27 meinen ersten Bandscheibenvorfall und mit 32 den zweiten. Ganz miese Sache.

Aber: eines Tages ist er da. Einfach so. Dieser fiese Schmerz im Knie. Der nicht besser wird. Von dem 2 Ärzte behaupten, es läge auf Grund meiner Vorgeschichte am Rücken.

Lange Rede, gar kein Sinn, es ist tatsächlich das Knie. Nach mehreren Spritzen in den Rücken ist dieser aber immerhin genial beweglich. Nur dem Knie hat es nicht geholfen. Kam dort irgendwie nicht an. Meniskusschaden, heißt es dann. Ich bin etwas irritiert. So was kriegen doch nur Sportler. Oder Menschen, die viel Belastung auf den

Knien haben. Also, den Arzt danach fragen, wie ich denn an so was kommen soll. Sein Kommentar daraufhin: „ Ach, das kann in Ihrem Alter schon mal passieren."

Diagnose: Verschleißerscheinungen. Hammer! Ich fühle mich nicht in einem Alter, in dem Dinge einfach so kaputt gehen. Frechheit. Also frage ich ihn, was er wohl meint, wie alt ich wäre. Sein Gesicht ist herrlich. Zuerst läuft er dunkelrot an, dann schaut er hektisch auf mein Geburtsdatum. Ich schwöre, ich kann auch ein paar Schweißperlen auf seiner hohen Stirn ausmachen. Aber seine Antwort ist goldig: „Ähhhm (es folgt ein Räuspern), „na ja, Sie sind knapp über 25, da ist das durchaus möglich." Ich habe ihm nach überstandener OP eine Flasche Sekt geschenkt. Wir sind jetzt Freunde.

Professionelle Faltenbehandlung

Okay, Facebook ist schon toll. Und es heißt ja Gesichtsbuch, aber können die Falten messen? Vom Profilfoto? Besonders in meinem Alter, in dem jedes „spontane" Selfie nichts mehr von Spontanität hat, sondern mindestens 5-6 Mal geschossen wird, bevor auch nur eines für gesichtsbuch-tauglich befunden werden kann? Oder vielleicht noch mit einem Handyfilter etwas aufgepeppt wird? Spontane Fotos werden völlig überbewertet. Filter und Photoshop sind meine neuen Freunde. Etwas unscharf geht auch. Grins!

Nun erhält man ja bei Facebook regelmäßig gesponserte Beiträge, die zum Kauf irgendeines tollen Produktes animieren sollen. Ich schwöre, ich habe noch nie irgendeine Seite mit Antifaltenwerbung betrachtet. Und was muss ich auf meiner Startseite sehen: gleich ganz oben „empfohlener Beitrag: „Professionelle Faltenbehandlung. Extra für Sie ausgesucht." Danke Facebook. You make my day….. Gggrrrr….

Früher war alles besser?

Echt jetzt? Ist nicht euer Ernst. Was denn, wenn ich fragen darf?

Etwa die ganzen Prüfungen, denen wir uns im Leben stellen mussten? Schulabschluss, Führerschein, Studium oder Berufsabschluss? Vorstellungsgespräche, bei denen wir hyperventiliert haben, weil uns die Stelle so wichtig war? Liebeskummer um den gutaussehenden, aber dummen Typ? Trennungen? Fehlschläge?

Oder später die Schwangerschaften? Okay, ich gebe zu, ich war gern schwanger. Aber mal ehrlich, eine Geburt möchte ich heute nicht mehr durchleben. Ganz zu schweigen vom anschließenden Wochenbett. Inklusive Depressionen, schlaflosen Nächten mit dunklen Ringen unter den Augen. Aussehen wie eine Zombimutti, wenn die lieben Kleinen Zähne bekamen? Ständig müde und am besten im Stehen einschlafen können? Rückenschmerzen, weil der Sprössling schwerer wird und immer noch getragen werden möchte/muss? Windeln wechseln, Kindergarten, Schule, Hausaufgaben betreuen, Kinderfeste organisieren, Elternabende und Elternsprechtage. Gefährdete Versetzungen, Nachhilfestunden und nicht zu vergessen meine wichtigste Funktion: Taxi Mama! Meinen Job habe ich um die Freizeitaktivitäten der Kinder herum geplant. Auf Partys den Alkoholkonsum der Teenies kontrolliert und bei Übernachtungspartys schlaflos im Bett gelegen, weil die Brut nicht zur Ruhe kam. Köpfe wegen unkontrolliertem Alkoholkonsum über Klo's gehalten und kalte Waschlappen verteilt. Nasenbluten gestillt und pubertierende Nicht-Fleisch-nicht-Fisch und Ich-hasse-alle-Menschen Kids versucht zu verstehen. Um dann festzustellen, dass du diese Zeit auch durchgemacht hast, sie aber echt nicht vermisst.

Das alles hat unglaublich viel Spaß gemacht, keine Frage. Die Zeit war großartig und voller Herausforderungen. Aber nicht nur: ständige Streitereien und Diskussionen mit Jugendlichen, die angeblich ja schon sooo erwachsen waren, aber nicht erwachsen handelten. Mal ehrlich: es ist gut, dass es vorbei ist. Heute mache ich mir keine Sorgen mehr, was aus den lieben Kleinen mal werden soll. Die Rolle der oberlehrerhaften Mutti durfte ich endlich ablegen.

Ich will keine Prüfungen mehr machen und darf endlich in meinem eigenen Leben ankommen. Sauber! Früher fehlte doch für alles die Zeit. Die berufliche Karriere stand mehr im Hintergrund. Aber irgendwie mussten wir auch das meistern. Der Spagat zwischen Haushalt, Familie und Job war nicht immer einfach und der Tag hatte oft zu wenig Stunden. Willst du das alles wirklich noch mal durchleben? Also ich lehne dankend ab.

Du hast Fehler gemacht, sie auch bitter bereut, aber so viel daraus gelernt. Jede Entscheidung deines Lebens - egal ob gut oder schlecht - hat dich zu der Frau gemacht, die du heute bist. Je mehr falsche Entscheidungen du getroffen hast, umso mehr hast du gelernt. Fantastisch, Mädel, ich bin stolz auf dich. Du weißt genau, was du willst und was nicht. Du allein bestimmst darüber, was für dein Leben wichtig ist und was du getrost fallen lassen kannst. Deine Kinder nehmen dich heute sogar freiwillig in den Arm. Du bist ihnen nicht mehr peinlich. Die sind sogar nett zu dir und interessieren sich dafür, wie es dir geht. Krass, oder?

Du gehst heute sauber aus dem Haus und hast nicht ständig eine vom Baby angesabberte und bekotzte Schulter. Du riechst nicht mehr nach saurer Milch oder aufgestoßenem Babybrei.

Es ist dir egal, was andere Menschen von dir halten. Die mir-ist-alles-peinlich-Phasen hast du hinter dir. Heute darfst du Dinge tun, die für dich früher Luxus waren. Du darfst ungewöhnliche Hobbies haben. Malen, Schreiben, Sport, Lesen, Basteln, alles ist möglich. Du haust heute Sprüche raus, die du dir früher verkniffen hättest. Bähm! Ungeniert, aber mit einem gewissen Charme und einem Augenzwinkern. Denk an den Blick über den Brillenrand.

Du hast gelernt, nein zu sagen und setzt das auch tatsächlich durch. Du kannst sagen: „Nicht mit mir".

Also, warum war denn nun früher alles besser? Optisch vielleicht. Weil straffer und schlanker. Aber dieser Kram ist nun mal vergänglich. Das schafft keiner, ewig jung auszusehen. Ich habe mein jugendliches Aussehen damals auch genossen. Heute genieße ich mein Leben. Ich bin immer noch eitel, aber eine Narbe mehr oder ein paar Falten mehr machen keinen Unterschied mehr. Deswegen bleibe ich immer noch ich selbst und ich finde, wir haben heute eine tolle Ausstrahlung. Ich kenne Frauen, die in unserem Alter erst so richtig attraktiv geworden sind. Warum? Sie wissen, was gut für sie ist, sie sind selbstsicherer und strahlen dadurch einfach eine positive Energie aus. Und das macht attraktiv.

Ich muss euch von einer super tollen Begegnung erzählen, die ich kürzlich hatte: ich schiebe meinen Einkaufswagen durch den Supermarkt und fühle mich plötzlich beobachtet. Ein paar Meter von mir entfernt steht eine

Dame, vielleicht 15 Jahre älter als ich und lächelt mich total nett an. Ich grinse zurück und überlege, ob ich sie eventuell kenne. Aber nein, Gesichter merke ich mir immer. Und dieses nette Gesicht habe ich noch nie gesehen. Als wir im nächsten Gang beide gleichzeitig vor dem Obst stehen bleiben lächelt sie mich wieder an. Dann kommt sie auf mich zu und sagt: „Wissen Sie, ich möchte Ihnen mal etwas sagen. Sie haben eine unglaublich positive und tolle Ausstrahlung. Ich wünsche Ihnen, dass Sie die nie verlieren."

Ist das süß? Ich glaube, ich habe diese liebenswerte Person einfach nur noch mit einem tausend Watt Grinsen angestrahlt. In diesem Moment war ich wohl für die globale Erderwärmung zuständig. Das ist mir früher, als ja alles besser war, nie passiert. Komisch, oder?

Hormone, Hormone

Oh ja, Hormone. Die können echt was.
Ich habe mal bei Google das böse Wort
„Wechseljahre" eingegeben. Ui, was für
eine Ausbeute. Wechseljahre nannte
man früher Pubertät. Da wechselte man
auch. Wurde damals alles angekurbelt,
fährt heute alles runter. Der Effekt
scheint der gleiche zu sein. Lest mal:

Die wichtigsten Symptome in den
Wechseljahren – auf einen Blick:

- Hitzewallungen

- Herzrasen

- Schlafstörungen

- Depressionen oder depressive
  Verstimmungen

- Stimmungsschwankungen

- Zyklusstörungen

- Trockenheit im Genitalbereich
  und Infektionen

- Harnwegsprobleme

- Gelenk- und Muskelschmerzen

- verändertes Sexualleben

Liest sich wie ein Krimi, oder? Da könnte man was von machen: „Tod durch Hormone", oder „Killeröstrogene auf dem Rückzug".

Okay, getreu nach dem Motto „alles kann, nichts muss", betrachte ich solche Artikel kritisch. Wenn ich das so lese, denke ich: jo, hab ich alles. Die Frage ist nur, ob das alles unbedingt schlecht ist? Und was genau ist denn heute anders?

Monatliche Unpässlichkeiten mit Stimmungsschwankungen und Schmerzen sind uns Frauen doch nicht unbekannt. Seit 40 Jahren kenne ich das gar nicht anders. Das nannten wir Menstruation oder prämenstruelles Syndrom, kurz PMS.

Zyklusschwankungen? Jepp, alle paar Jahre mal wieder. Als Frau, die ihren Hormonhaushalt nicht durch eine Pille oder andere Hormone reguliert hat, habe ich sämtliche Schwankungen im Laufe der Jahre durchlebt.

Hitzewallungen? Sind sowohl in der Pubertät, als auch in den Schwangerschaften schon da gewesen. Warum also sollte das nun der Weltuntergang sein? Das geht auch wieder weg.

Schlafstörungen? In den sensiblen und turbulenten Phasen meines Lebens immer mal wieder. Stimmt. Vor lauter Gedanken nicht in den Schlaf finden, kennt wohl auch jeder. Also, nix neues.

Harnwegsprobleme? Trockenheit im Genitalbereich und Infektionen? Hallo, ich bin eine Frau. Natürlich! Besonders in der letzten Phase der Schwangerschaft war die Bettflucht wirklich nervig. Da musste man seinen dicken Bauch aus dem Bett wuchten. Zuviel Kind, zu wenig Platz für die Blase. Und mit etwas Glück wurde das Kind beim Aufstehen gleich mit wach und hat noch zusätzlich ne Party im Bauch gefeiert. Direktangriff auf die Blase natürlich.

Toiletten an Raststätten oder öffentlichen Einrichtungen brauche ich nur
ansehen und schon habe ich mir eine
Infektion eingefangen.

Gelenk- und Muskelschmerzen? Echt?
Jetzt erst? Gab es mal eine Zeit in
deinem Leben, in der dir für längere Zeit
nichts wehtat? Gut, ist jetzt vielleicht
hier und da mehr geworden. Also ich
fand die Wehen und die monatlichen
Unpässlichkeiten in Form der roten
Wochen unangenehmer.

Veränderte Sexualität? Na klar. Jetzt wo
keine Kinder mehr im Haus sind? Ich
finde, das sollte man ausnutzen. Da geht
noch was.

**Depressionen und depressive
Verstimmungen?** Ich bin nicht
depressiv. Ich besitze nur eine gelegentliche emotionale Flexibilität. Mein
Motto: Nieder mit der Schwerkraft. Es
lebe der Leichtsinn.
Kann man jetzt drüber heulen, kann
man aber auch lassen. Östrogen und

Progesteron sind auf dem Rückmarsch. Es heißt eben „Wechsel"-Jahre. Man gut, dass damit noch nicht unsere Windeln gemeint sind. Mit allem Anderen kann ich locker leben. Mit Höhen und Tiefen kennen wir uns doch inzwischen bestens aus. Ist ja nicht so, als wäre uns das neu. Es gibt immer emotionale Phasen im Leben. Und das ist gut so.

Wie Kalorien verbrennen glücklich macht

Laut diverser Studien (ja, ich habe geforscht, ermittelt und geprüft) haben Frauen ab 50 einen verlangsamten Stoffwechsel. Okay, kapier ich. Ich bin auch so tatsächlich langsamer geworden, da ich nicht mehr von einem Termin zum nächsten hetze und mein Leben gelassener angehe. Das bedeutet also, eine Gewichtszunahme auf Grund weniger Bewegung ist leider nicht abzustreiten. Und man soll nach 20.00 Uhr abends nichts mehr essen. Weil der Stoffwechsel ab da noch langsamer funktioniert. Das verstehe ich nun nicht. Heißt das etwa, keine Schokolade mehr nach 22.00 Uhr, weil die dann so spät gar nicht mehr verstoffwechselt wird? Wo ich doch wegen Schlafmangel eh die halbe Nacht wach bin? Verbrenne ich durch Wachsein etwa nichts? Ach komm, das ist doch gelogen. Na gut, ich recherchiere also weiter. Das WWW gibt ja eine Menge her. Welche Aktionen verbrennen denn nun die bösen kleinen Tierchen, die sich Kalorien schimpfen? Fündig geworden bin ich auf der Seite: www.meinstoffwechsel.com.

Beim Autofahren verbrennt man in 10 Minuten 41 Kalorien. Bei leichter Hausarbeit nur 35! Deswegen war ich früher so schlank? Weil ich meine Kinder täglich durch die Gegend kutschiert habe? Seit beide volljährig sind und den Führerschein haben nehme ich also stetig zu? Wahnsinn! Mein Fazit: Ab ins Auto und öfter mal durch die Gegend fahren bringt mir kalorientechnisch gesehen mehr als stupide Hausarbeit! Okay mein erster Gedanke ist, fahre ich doch öfter mal weg. Dabei lerne ich das Umland besser kennen. Wenn ich also einen netten Abend mit leckeren Kalorien verbinden möchte (und damit meine ich ein schönes Essen inklusive Nachtisch), dann muss ich nur weiter wegfahren und schon kann ich getrost essen, da ich mir die Kalorien ja sozusagen abfahre. Genial. Ich probiere das gleich heute aus und fahre in ein tolles Restaurant, das 60 km entfernt ist. Das heißt: 50

Minuten hinfahren, 50 Minuten wieder zurück. Hab ich schon 410 Kalorien einfach weggefahren. Vorher hole ich noch eine Freundin aus dem nächsten Ort ab, die ich natürlich auf dem Rückweg artig wieder nach Hause bringe, und schon sind noch einmal weitere 123 Kalorien geschmolzen. Perfekt: 533 Kalorien futsch.

Jetzt ist mein Ehrgeiz aber geweckt. Nach eingehender Internetrecherche stoße ich auf eine weitere Seite: www.fitrechner.de. Da kannst du so ziemlich jede noch so banale Aktivität eingeben. Hab ich natürlich „duschen" eingegeben. Hurra, wenn ich vor dem Essengehen ausgiebig dusche, mir die Haare föhne, mich anziehe und schminke, bin ich bei einem Kalorienverbrauch von knapp 60 Kalorien. Mädels, wisst ihr, was das heißt? Ein Restaurantbesuch in der nächsten Stadt, gut riechend mit einem perfekten Styling und ihr habt knapp 600 Kalorien verbraucht. Na, da schmeckt es doch gleich doppelt so gut.

Aber jetzt kommt der ultimative Kalorienkiller: 10 Minuten joggen verbraucht läppische 110 kcal. 10 Minuten tanzen aber 130 kcal. Also, wozu sinnlos in der Pampa rumrennen und Lebenszeit verschwenden, wenn es auch anders geht? Schnappt euch euren Staubsauger, den Bodenwischer oder den Putzlappen, schmeißt eure Stereoanlage an und tanzt euren Haushalt sauber und die Kalorien runter. Das macht richtig gute Laune, der Haushalt ist blitzeblank, die Kalorien verbrannt und ihr habt somit einen 3 in 1 Effekt. Und während ihr beim Fensterputzen nach Joe Cockers „you can leave your hat on" mit kreisenden Hüften lasziv den Lappen an den Scheiben rauf und runter schwingt, haben eure Nachbarn sogar noch ne tolle Showeinlage gratis. Lang lebe der getanzte Haushalt und das Autofahren.

Miktion, oder: wenn das Überlaufventil marode ist

Hä? Miktion? Was ist das denn? Ich finde den Ausdruck „Miktion" viel hübscher als Pipimachen, die Blase entleeren, pullern, o. ä. So viel zur Erklärung.

Auf der nächsten Party sagst du dann: „Ich würde gern miktionieren, kannst du mir sagen, wo ich hin muss?" Das klingt so viel besser als: „Wo ist denn hier das Klo?" Verstehen wird man dich wahrscheinlich nur, wenn medizinisches Fachpersonal anwesend ist. Aber ich sage dir, die Verwirrung aller anderen zu beobachten ist den Spaß wert. Hoffe dann nur nicht auf eine Wegbeschreibung.

Aber zum Thema: Um den Stoffwechsel anzuregen, der ja inzwischen etwas lahm ist, wie wir erfahren mussten, wird uns empfohlen, täglich mindestens 2 Liter Wasser zu trinken. Besser sind natürlich 3 Liter. Das Ergebnis bei 3 Litern pro Tag soll ja die Wucht sein. Das reinigt die Organe und macht ne schicke Haut. Klar, wenn ich einer Weintraube das Wasser entziehe, krieg ich eine verschrumpelte Rosine. So ähnlich soll der „ich-trinke-Unmengen-an-Wasser"-Effekt sein. Nur umgekehrt. Weintraube statt Rosine. Gut. Also rein mit dem Zeug. Wer will schon aussehen wie eine Rosine? Und ne schicke Haut will ich auch.

Aaaaber, denkt an die Wirkung, liebe Frauen. Alles, was rein geht, muss auch wieder raus. Ich berichte euch jetzt von meinem Selbstversuch, täglich 3 Liter Wasser zu trinken.

Hast du dir im Kino schon mal den Unmut sämtlicher Menschen in deiner Sitzreihe zugezogen, die wegen dir die spannendste Szene nicht sehen konnten, weil du dich unter leisem „Entschuldigung"-Geflüster an ihnen vorbei gedrängt hast? Und das gleich zweimal, schließlich musst du auch wieder zurück zu deinem Platz. Wenn du dann auch noch deinen Sitznachbarn fragst, was du verpasst hast, wird es ernst für dich. Getuschel, „Ruhe"-Rufe und gezischte „Pssst"- Laute, gefolgt von bösen Blicken werden dich ereilen. Hüte dich vor Filmen mit Überlänge. Spätestens nach deinem zweiten Gang wird dir mindestens einer aus deiner Reihe ein Bein stellen. Wer dir kein Bein stellt, wird genervt seufzen. Ich bin ja immer für blöden Sprüche zu haben, aber der Spruch: „Na, so schlecht ist der Film doch nun auch nicht", erwies sich als Antwort auf den Nervseufzer als nicht ganz so passend. Ich denke, am Gang zu sitzen ist keine schlechte Idee wenn du mit heiler Haut aus der Nummer herauskommen willst. Spare dir auch Erklärungen wie: „Wissen Sie, ich habe Östrogenmangel und ich will nicht aussehen wie eine Rosine darum trinke ich." Kommt nicht gut an. Oh nein. Spätestens, wenn am Ende des Filmes das Licht angeht, damit auch jeder sehen kann, wer da so gestört hin und her gelaufen ist, verziehst du dich am besten mit hochrotem Kopf unter deinen Sitz und reinigst schon mal den Fußboden von Nachos und Popcorn, bis sich der Saal geleert hat.

Bei dieser Flüssigkeitsfülle gibt es aber noch mehr Nachteile: Ich fühle mich in einigen Situationen wie ein

Kleinkind. Nämlich spätestens dann, wenn mich mein herzensguter Gatte vor längeren Autofahrten fragt, ob ich vor der Fahrt nicht lieber noch mal Pipi machen möchte. Komisch, habe ich das nicht erst gestern meine Kinder gefragt? Blöderweise hat der Gatte recht. Inzwischen kenne ich so ziemlich jede Raststätte auf dem Weg. Egal wohin wir fahren. Mein Glück ist, dass es so ziemlich alle 35 km eine Raststätte gibt. Dumm ist nur, wenn man die Autobahn kurz vor der nächsten Toilettenmöglichkeit verlassen muss. Weißt du, dass es eine super App gibt, die dir mitteilt, wo sich die nächste Miktions-Möglichkeit befindet? Wenn du kurz vor der Miktionsstätte die Autobahn verlassen musst, aktivierst du diese App. Quasi sofort. Und zwar panisch. Dafür kann dich keiner anmachen, weil du während der Fahrt am Handy spielst. Schließlich ist das ein Notfall.

Man lernt ja die tollsten Raststätten kennen, wenn man seine 3 Liter Wasser am Tag trinkt. Ich kenne jetzt sogar eine Feng-Shui-Raststätte. Da willst du gar nicht mehr weg, so bist du mit deiner

Umgebung im Einklang. Feng-Shui, das muss ich erst mal googeln. Wikipedia sagt dazu: „.......mit Feng-Shui sollen die Geister der Luft und des Wassers geneigt gemacht werden können". Das Konzept beruht auf dem Gleichgewicht der 5 Elemente. Okay, bei mir scheint Wasser im Zentrum zu stehen. Oder eben bis zum Hals.

Die Kloschüsseln beim Feng-Shui liegen an strategisch günstigen Stellen, in der die positiven Energien fließen können. Wenn dir das Wasser bis zum Hals steht ist dir egal, ob da positive Energie fließt oder nicht. Hauptsache, du kannst was fließen lassen. Aber das Feng-Shui Klo hat wirklich Ambiente. Früher hetzte ich von einem Ort zum anderen. Ohne Zeit für Pausen. Heute lerne ich, dank meiner Blase, neue Örtchen kennen.

Einen Tipp habe ich noch für euch: Wollt ihr es auf die Spitze treiben, dann trinkt zusätzlich doch noch ein paar Tassen Kaffee zum Wasser. In diesem Fall nehmt euch für den Rest des Tages nichts mehr vor. Dann funktioniert die Miktion im 30 Minuten Takt. Das könnt ihr super anwenden, wenn ihr irgendwo nicht hinmöchtet, euch aber nicht traut, das zu sagen. Vor dem Besuch bei der Schwiegermutter z. B. kannst du dich so bequem drücken.

Wasser marsch! Wenn die Augen schwitzen

Ach ja, die Hormone.... Ich gebe zu, dass ich in einigen Dingen empfindlicher geworden bin. Na ja, ich nenne es liebevoll ‚sensibler'. Gewisse Dinge berühren mich einfach mehr. Besser gesagt, ich kann meine Rührung oft nicht verstecken. Das nervt schon leicht.

Mit anderen Worten, ich bin näher am Wasser gebaut als früher. So, jetzt ist es raus. Seltsamerweise flenne ich nicht weil ich traurig bin. Sondern immer, wenn mich etwas sehr freut. Meine Tochter gewinnt beim Tanzwettbewerb mit ihrer Gruppe den ersten Platz: Mutti heult. Im Fernsehen gewinnt einer bei einer Castingshow und freut sich wie Bolle: Bei mir gehen die Schleusen auf. Es singt jemand wunderschön: zack, Pipi inne Augen. Mein Sohn heiratet: ich schminke mich erst gar nicht. Es verläuft sowieso bei akutem Wasserausbruch meiner Augen. Rührselige Filme gehen auch nicht mehr. Erst recht nicht, wenn darin

Kinder oder Tiere vorkommen. Dann komme ich ganz groß raus. Da laufen mir die Augen aus. Einfach so. Weil es so schön ist. Verrückt. Was soll das? Das ist peinlich. Wenn ich an Geburtstagen ein liebevoll ausgesuchtes Geschenk von meinen Liebsten erhalte, werden schon vor dem Öffnen desselben die Tempos gezückt. Sobald ich nur einen Klebestreifen von der Verpackung öffne, ziehen meine Familienmitglieder bereits ihre Taschentücher, wie Cowboys in einem Western ihre Knarren. Legt die Hände an die Waffen, Mutti heult gleich wieder….

Schön ist das bei bestimmten Filmen, die ich gemeinsam mit meinem Gatten ansehe: ich tue so, als hätte ich einen plötzlich auftretenden, akuten Schnupfen und versuche, meine über-laufenden Augen unter Kontrolle zu bringen, da kommt von der Seite ein amüsierter Blick des grinsenden Gatten mit der anschließenden Frage:

„Heulst du?"

Ich: „Nein, meine Augen schwitzen nur."

Er: „Aha…"

Ich: „Es kommt halt salziges Wasser aus meinen Augen. Das ist Schweiß."

Er: „Sag Bescheid, wenn's schlimmer wird, dann bau ich dir bei den Wassermengen einen Gulli ein, damit du das Wohnzimmer nicht flutest."

Ich: „Ich heul ja gar nicht…"

Er: „Nee, schon klar, aber mit deinen schwitzenden Augen könntest du einen Wohnungsbrand löschen."

Ich: „Schnief…"

Erwähnte ich bereits, dass ich meinen Mann über alles liebe? Warum nur?

Wenn ich das gewusst hätte...

Ja, wenn ich das gewusst hätte, dass

- sich Cellulite irgendwann so schnell ausbreitet, wenn man statt Sport zu machen lieber auf dem Sofa sitzt,
- sich meine Taille verdünnisiert, wenn ich Schokolade nur ansehe,
- ich damals mit Mitte 30, alleinerziehend und frisch geschieden doch noch einen Mann abbekomme, der uns zu dritt liebt,
- Schwangerschaften die Figur versauen,
- in den 50ern sein entgegen jeder Erwartung kein Alte-Omi-im-Kittelkleid-Alter ist,
- ich mal ein Buch über die Vorteile des Älterwerdens schreibe,

- ich mit 42 meine zweite und mit 51 meine dritte Ausbildung abschließen werde,
- Frauen mit über 50 noch attraktiv sein können,
- Kindererziehung nicht immer einfach ist,
- ich jetzt neue Hobbies entdecke,
- ich alte Hobbies wieder aufnehmen werde,
- es gar nicht so wehtut, wenn die Kinder ausziehen,
- doch noch was aus meinen Kindern wird, was ich während ihrer pubertierenden Phase stark bezweifelt habe,
- ich mal vor vielen Menschen reden kann, ohne rot zu werden oder zu stottern,
- ich mal die innere Ruhe finde, die ich früher nie hatte,
- ich entspannt sein kann,
- die Welt nicht untergeht, weil das Haus nicht gesaugt ist, oder die Fenster nicht geputzt sind,

- ich erkenne, dass das Leben nicht nur aus Anstrengungen besteht,
- man sich von Dingen und Personen trennen darf, um Platz für Neues zu schaffen,

dann hätte ich schon viel früher gelassener reagiert, mir weniger Sorgen gemacht und alles genauso gemacht, wie ich es getan habe.

Der Test – bist das wirklich du?

Ich habe einen Selbsttest für dich. Wenn Du Lust hast, mach doch mit. Schnapp dir ein leeres Blatt und einen Stift und beantworte die unten stehenden Fragen. Das ist eine Übung für dich ganz persönlich und ich möchte sie gern mit dir teilen. Mach dir deutlich, ob und wie du dich in deinem Leben durch verschiedene Lebensumstände verändert hast. Wie du dich entwickelt hast. Und vielleicht findest du auch etwas, was du unbedingt wieder aufleben lassen möchtest.

1. Was hast du in deiner Kindheit gern gemacht? Welche Hobbies hattest du? Welche Spiele hast du gespielt? Warst du gern draußen? Was hat dich begeistert?

2. Was hast du heute für Hobbies? Was tust du gern? Essengehen, mit Freunden treffen, Sport machen…?

3. Was interessiert dich heute? Was ist für dich spannend? Liest du gern? Würdest du gern ein Buch schreiben? Bist du viel auf Reisen? Schreibe auf, was dein Leben lebhaft und erlebnisreich macht.

4. Welche Dinge möchtest du aus deiner Kindheits-/Jugendphase heute gern noch machen? Oder vielleicht machst du sie bis heute noch?

5. Nimm dir jetzt vor, Dinge zu tun, die du immer schon mal machen wolltest. Der verbotene Satz dabei ist: „Das geht nicht, weil…!" Sondern frage dich: was brauche ich dafür, um das zu tun? Schreibe alles auf, was dir dazu einfällt.

Klar, du wirst heute keine Balletttänzerin mehr. Der Zug für die Weltklasse ist abgefahren. Na und? Das war er doch schon mit 30! Wenn dir das Tanzen früher wichtig war, dann bieten sich dir heute unglaublich viele Möglichkeiten, um dein Hobby auszuleben. Aber erst wenn du dir dessen bewusst bist, was du wirklich gern tun würdest, wirst du diese Möglichkeiten finden. Oder sie dich. Also: DO IT!

40 Gründe, die dein Leben so richtig versauen

Ich nenne dir nun 40 Aussagen, mit denen du dein Leben so richtig verkorksen kannst:

1. Das klappt eh nicht
2. Das ist mir zu teuer
3. So ehrgeizig bin ich nicht
4. Frag mich bitte nicht. Kann das jemand anderes entscheiden?
5. Dafür bin ich nicht verantwortlich
6. Das dauert zu lange
7. Das kann ich nicht
8. Das habe ich schon immer so gemacht
9. Das geht nicht anders
10. Das schaffe ich nie
11. Das ist zu groß, zu gewaltig für mich
12. Da habe ich keine Chance
13. Das ist mir zu kompliziert
14. Ich lasse es lieber so wie es ist
15. Was sollen die Anderen von mir denken?

16. Das will mein Partner, meine Familie bestimmt nicht
17. Das habe ich schon versucht, hat nicht geklappt
18. Dafür habe ich nicht das Potential
19. Dafür habe ich keine Zeit
20. Dafür bin ich zu eingefahren
21. Das traue ich mich nicht
22. Das kann nicht funktionieren
23. Ich würde ja gern, aber…
24. Das kann ich nicht selbst entscheiden
25. Die Anderen müssten sich ändern
26. Damit mache ich mir keine Freunde
27. Das habe ich noch nie gemacht
28. Das liegt mir eigentlich nicht
29. Mal sehen…
30. Ich warte erst mal ab
31. Keine Chance
32. Ich würde es ja tun, aber…
33. Das ist jetzt auch zu spät
34. Darüber muss ich nachdenken
35. Das rechnet sich nicht

36. Ich könnte scheitern
37. Darauf warte ich schon Jahre
38. Dafür bin ich nicht geschaffen
39. Dafür bin ich nicht zuständig
40. Das ist mir zu schwer, zu umständlich

Na? Erkennst du dich in einigen Aussagen wieder? Bravo! Mach es doch noch schlimmer:

Ich bin zu alt dafür!

Bähm! Treffer! Versenkt! Alle Schotten dicht, wir gehen auf Tauchstation! Komm, das kannst du besser. Jetzt gehst du brav die Liste noch mal durch und formulierst alle 40 Gründe positiv. Denk nicht lange drüber nach. Mach es einfach. Und dann schau mal, was das mit deiner Laune und deinem Antrieb macht, wenn du das positiv formulierst. Und dann: Ändere die Dinge!

Schneewittchen hat auch Falten

Wenn du an Märchen glaubst, dann auch daran, dass Schneewittchen immer so schwarzhaarig wie Ebenholz geblieben ist und nie Cellulite bekommen hat. Klar, wäre ihr der Apfel damals im Hals stecken geblieben, hätte das auch gestimmt.

„Und wenn sie nicht gestorben sind, dann leben sie noch heute." Ach nee! Was für eine Erkenntnis. Es müsste heißen: „Und wenn sie nicht älter geworden sind, dann sind sie heute immer noch so naiv."

Frau sieht zwar gut aus in der Jugend, macht aber auch irre viele Fehler. Nehmen wir die Märchengestalten:

Dornröschen wäre heute vorsichtiger und würde sich nicht mehr an einer Spindel stechen, oder sie hätte wenigstens genügend Pflaster im Haus. Ach ja, man altert übrigens auch im Schlaf. Aber sie würde heute bestimmt an Schlafstörungen leiden.

Cinderella hätte geschwollene Füße und ihr oller, gläserner Pantoffel würde sie an ihrem Fersensporn drücken. Sie hätte festgestellt, dass ein Kürbis keine Kutsche wird und man auf gläsernen Highheels nicht rennen kann.

Schneewittchen würde heute bestimmt nichts mehr von fremden Menschen annehmen, oder mit 7 Männern in einem Haus leben, denen sie lohnfrei den Haushalt schmeißt.

Rapunzel hätte erkannt, dass sie sich ganz leicht aus ihrem Turm hätte befreien können, indem sie sich selbst an ihrem Haar abgeseilt. Dummes Kind. Durch den hormonell bedingten Haarausfall hätte sie heute eine schicke Kurzhaarfrisur.

Rotkäppchen würde sich nie mehr im Wald von haarigen Kerlen anquatschen lassen und dann dort einpennen. Sie würde heute eine Brille tragen, damit sie einen Wolf von ihrer Großmutter unterscheiden kann.

Die arme, aber schöne Müllerstochter aus Rumpelstilzchen würde heute einen Privatdetektiv damit beauftragen, den Namen hinterlistiger kleiner Männer ausfindig zu machen und wäre von ihrem König geschieden, weil sie festgestellt hätte, dass der nur ihr Geld wollte.

Belle aus, ‚Die Schöne und das Biest', hätte sich inzwischen optisch an ihr Biest angepasst und wäre heute „Die Alte und das Biest". Sie wusste allerdings damals schon, dass es mehr auf die inneren Werte eines Mannes ankommt. Aber mal ehrlich, das Auge isst doch mit.

Also, wenn man diese Frauen in unserem Alter betrachten würde, würden die keinen jungen Prinzen mehr klar machen. Gut, die Prinzen wären natürlich auch mitgealtert. Aber was waren das für oberflächliche Kerle? Haben sie sich ihre Angebeteten nur nach dem Aussehen geangelt? Und heute? Haben sie alle Falten, Cellulite, Hitzewallungen und Besenreißer. Und färben sich die Haare. Oder auch nicht. Einzig Rotkäppchen hat im Märchen keinen Prinzen abbekommen. Sie war noch zu jung. Da hätte sich auch ein Prinz strafbar gemacht.

Was haben diese Frauen gemeinsam? Sie haben nichts gelernt und waren schön. Schön jung. Sie sind auf grund ihres Aussehens vom Fleck weg geheiratet worden (gut, das Rotkäppchen wurde gefressen). In schicke Kleider würden sich die Prinzessinnen heute wohl reinpressen müssen. Ob die wohl Botoxpartys schmeißen würden, um sich jugendlich zu halten?

Ich finde es spannend zu spekulieren, was die Damen in der heutigen Zeit ohne ihre Prinzen wohl gelernt hätten? Belle wäre wohl Tierpflegerin geworden, Aschenputtel Haushaltshilfe, Cinderella Schuhverkäuferin, Dornröschen eine Schäferin, damit sie ihre Schafswolle selbst spinnen kann und das Rotkäppchen Optikerin. Bestimmt hat sie später doch noch den Jäger geheiratet.

Die jungen, schneidigen Prinzen der anderen Damen hätten wohl inzwischen auch einen Bauchansatz und schütteres Haar.

Aber okay, wenn sie damit „und sie lebten glücklich bis an ihr Ende" sind, dann ist es doch schön. Mit Falten natürlich.

Unwort Wechseljahre

Mal ehrlich: dieses Wort darf man doch gar nicht in den Mund nehmen: Wechseljahre. Das klingt nach alten, schwitzenden Weibern, die kurz vorm Exitus stehen. Uuuhhh, das Grauen hat einen Namen: Wechseljahre.

Als handele es sich um eine ansteckende Krankheit, die Verfall, Tod und Verderben mit sich bringt. Pah!

Achtung! Es folgt Sarkasmus:

Was las ich neulich? Da hat eine Dame in einem sozialen Netzwerk ein Interview mit Iris Berben geteilt. Die Frau Berben hatte wirklich etwas zu sagen, schließlich ist sie sozial und politisch sehr engagiert. Doch der Dame ging es gar nicht um den Inhalt des Interviews, sondern darum, dem Volk voller Freude mitzuteilen, dass man der Iris in diesem Interview ihr wahres Alter ansehen würde. Ich gebe zu, ich las Schadenfreude aus diesem Post. Die Iris ist 1950 geboren, darf sie denn nicht älter werden? Irgendwann hilft auch Botox nicht mehr. Und dass es die

Promis auch erwischt, na das ist ja mal ne Überraschung. Aber hey: das wird jeden treffen. Da führt kein Weg dran vorbei, das kommt einfach. Nehmen wir es doch so wie es ist. Als natürlichen Prozess unseres Lebens. Mehr ist es doch gar nicht. Man kann natürlich eine Wissenschaft und somit Profit daraus machen. Diese Schlagzeilen kennt doch jede Frau:

„So kommen Sie unbeschwert durch die Wechseljahre!"

„10 Tipps, wie sie die Wechseljahre meistern können!"

„Wechseljahresbeschwerden müssen nicht sein!"

„So bleiben sie jung!"

Da kriegt man ja schon Angst vor diesen unheimlichen Wechseljahren, bevor man überhaupt in die Pubertät kommt.

Wenn man das Internet danach durchforstet, Fachleute dazu im Gespräch sieht oder liest und den Medien glauben darf, handelt es sich bei einem natürlichen Alterungsprozess eher um die letzte Ölung, die man aber ohne Beschwerden meistern kann. Wie beruhigend.

Neulich wurde ich hinter vorgehaltener Hand ganz leise gefragt: „Und, bist du schon in den Wechseljahren?" Ja, keine Ahnung. Bin ich? Bin ich nicht? Woher soll ich das denn wissen? Ich denke schon. Und dann wurde ich beschworen, mal einen Hormonstatus machen zu lassen, um Gewissheit zu haben. Wofür brauche ich Gewissheit? Irgendwann werde ich es schon merken, oder? Meine Antwort ist: „Wechseljahre? Für so was hab ich keine Zeit." Wenn man dabei noch breit grinst, wirkt der Spruch umso besser.

Ich wünsche mir so sehr, dass sich mitten in einer Talkshow eine Frau in unserem Alter Luft zufächelt und sagt: „Geben Sie die Frage doch mal weiter, ich hab grad ne Hitzewelle." Die würde ich mögen. Eine Schauspielerin mit schicken Schlauchlippen und einer seltsam starren Gesichtsmimik erzählte in so einer Show wie toll es wäre natürlich älter zu werden. Hhhmmm, das habe ich ihr nicht so wirklich abgenommen. Ich denke nicht, dass sie ihre Lippen vom Gebrauch ihres Staubsaugerrohres hatte. Rohr auf die Lippen, Vakuum gezogen und zack, gibt das tolles Volumen. Wie gemein ich doch bin.

Ich gebe es zu, meine Cremes sind heute auch teurer als damals. Ihr wisst schon, von wegen Rosine und so. Man nennt diese überteuerten Cremes „reichhaltig", „für die reife Haut". Okay, dann her damit. Nehme ich doch gleich 2 davon. Gibt's die im Dutzend billiger? Oh, und vergesst nicht die Säfte, die man für ein Schweinegeld kaufen kann, da natürliche Jugend nur von innen kommen kann. Ich hätte die olle Saftschubse am liebsten mit ihrer eigenen Pulle verhauen, als sie mir das braune Gesöff andrehen wollte. Und die Pillen mit Wunderwirkung: fangt erst mal mit einer teuren 3 - Monatskur an, die selbstverständlich wie ein wahrer Jungbrunnen wirkt. Danach nehmt ihr die einfach bis an euer Lebensende weiter.

Wechseljahre, böses Wort, mir fallen da spontan einige bekannte Zitate ein: Kennt ihr noch den Schlemihl aus der Sesamstraße, der immer heimlich was verkaufen wollte? Dich fragt jemand: „Du bist in den Wechseljahren?" Deine Antwort: „Psssst, genaaaau"

Oder zitieren wir Harry Potter: „Die Jahre, deren Name nicht genannt werden darf"

Wie wäre es mit Star Wars: „Wechseljahre? Möge die Macht mit dir sein!"

Oder dem Terminator: „Wechseljahre? Na dann: hasta la vista, Baby!"

Vielleicht auch so? Vom Winde verweht: „Oh je, Wechseljahre? Verschieben wir's doch auf morgen."

Versucht es mal mit Herr der Ringe: „Ich bin in den Wechseljahren, mein Schatzzzz."

Die Titelmusik zu Der weiße Hai: „Baaadam, baadam, badam…" Kreisch, Panik!

Lichthorror in der Umkleidekabine

Da war es: das Ereignis des Jahres. Eines der Highlights meines Lebens. Mein ältester Sprössling (25, männlich) will in den heiligen Bund der Ehe treten. Hach, wie schön. Da schwitzen mir doch gleich wieder die Augen.

Also, nix wie los und für diesen Anlass das perfekte Abendkleid aussuchen. Weil alle Damen in edlen, langen Gewändern gehen. Das habe ich bereits in Erfahrung gebracht. Zur Feier dieses Tages würde ich mir ein langes, elegantes Abendkleid zulegen. So wie früher, vor der Geburt der Kinder. Dachte ich...

Zur Unterstützung nehme ich meine süße 21 jährige Tochter mit. In einem der angesagtesten und größten Modehäuser für Abendmoden erkläre ich der netten Verkäuferin erst einmal meine Ansprüche. Anfangs hört sie mir noch freundlich lächelnd zu. Als ich fertig bin mit meinen Aufzählungen, ist ihr Lächeln leicht frostig und wirkt nicht mehr ganz so natürlich. Dabei sind meine Ansprüche doch gar nicht so übertrieben: nichts ohne Ärmel, kein Glitzer, nicht zu figurbetont, eher Figur umschmeichelnd, Schultern und Dekolleté bedeckt, nicht zu weit ausgeschnitten, vielleicht etwas mit Spitze, gedeckte Farben. Ernüchterung auf beiden Seiten. So was gibt's nicht. Das ist ja wie die Suche nach karierten Maiglöckchen. Mit einigen Kompromiss-Kleidern im Arm verschwinde ich in der Umkleidekabine. Der erste Schock kommt bereits beim Ausziehen. Warum um Himmels willen installiert man in den Umkleidekabinen eine Beleuchtung, bei der jede, aber wirklich jede Delle am Körper sichtbar wird? Wollen die hier etwa nichts verkaufen? Bloß nicht lange in Eigenbetrachtungen versinken, sondern mutig in das erste Kleid steigen…..und sofort wieder raus. Ich sehe aus wie ein leuchtendes, rosa Bonbon. Und wenn ich Bonbon sage, dann meine ich auch die Figur eines Bonbons. Oben Rüschen, dicke Mitte, unten Rüschen.

Mein allerliebstes Kind wartet derweil geduldig vor der Kabine: „Mutti, lass mal sehen."

Oh mein Gott, alles nur das nicht: „Ääähhm, also, das passt nicht."

Das arme Kind hätte im Nachhinein ein Trauma erlitten, hätte sie ihre Mutter so gesehen. Also, ich habe schon eines. Rein ins nächste Kleid. Dunkelblau, eng, ab Oberschenkel abwärts leicht ausgestellt. Schick. Die edlen Pailletten schimmerten, die Strasssteinchen strahlten. Aber…., igitt! Es kleben gefühlte 5 Kilo Kleid wie eine zweite Haut an mir, mein Busen wird gekonnt in Szene gesetzt, wenn er denn noch an der Stelle wäre, wo er vor 30 Jahren mal saß. Die Frau im Spiegel sieht mir gar nicht ähnlich. Ich versuche, meine verrutschte Oberweite etwas hochzudrücken. Vielleicht würde ja ein Pushup-BH helfen? Das Ergebnis ist verheerend: Dank der guten Licht-verhältnisse wird das Ausmaß des Entsetzens beim Hochschieben sichtbar: Cellulite im Dekolleté! Vertikale Knitterfalten! Nun wird mir klar, warum meine Kosmetikerin mich kürzlich fragte, ob ich Seitenschläfer sei. Das kann man tatsächlich sehen….. Vor Schreck lasse ich alles wieder fallen. Ich habe also die Wahl zwischen Pest und Cholera.

„Mutti, nun lass dich doch endlich ansehen."

Bist du verrückt, Kind? Das Bild wirst du nie wieder los: „Ich sehe aus, wie Presswurst mit Glitzer."

„Komm, Mutti, so schlimm wird's schon nicht sein." Nicht schlimm? Es ist schlimmer als schlimm. Todesmutig ziehe ich den Vorhang zurück offenbare mich in meinem ganzen Elend und warte.

Was folgt ist ein langgezogenes: „Okaaaay!" von meinem Ableger. Wie jetzt? Das ist alles? Gut, wenigstens kein Kreischanfall. Mir bricht der Schweiß aus und ich transpiriere langsam in das Glitzerkleid. Diplomatische Antwort meines eigenen Fleisch-und-Blutes: „Vielleicht probierst du noch mal ein anderes Kleid an?"

5 Kleider später….., das Ergebnis bleibt das Gleiche. Die arme Verkäuferin transpiriert inzwischen auch. Mit

weiteren Kleidern in Bonbonfarben auf dem Arm schwebt sie schwungvoll durch die Massen an Kleiderständern. Unbeirrt und verbissen auf der Suche nach dem perfekten Kleid, in dem sich die anspruchsvolle, reife Kundin endlich leiden kann. Okay, ich kapituliere: „Das wird nichts", lasse ich laut und deutlich vernehmen, „ich nehme einen weiten, schwarzen Hosenrock, ein elegantes, helles Top und einen schwarzen Blazer bitte."

Ausgesucht, angezogen und für gut befunden. Das bin endlich ich. Und ich sehe verdammt gut aus. Strahlend präsentiere ich mich. Zustimmendes Gemurmel und Kopfnicken von allen Seiten. Perfekt.

500€ später sitze ich zufrieden im Auto, als mein Sprössling plötzlich fragt: „Du Mutti, der wievielte schwarze Blazer ist das jetzt eigentlich?" Schweig still, Kind. Komm du erst mal in mein Alter.

Zu Hause angekommen erwartet mich der Gatte und möchte bitte sofort meine Ausbeute sehen. Als ich sie ihm stolz präsentiere, sagt er trocken: „Oh, schwarzer Blazer, schwarze Hose. Wie ungewöhnlich für dich. Nur dieses Mal deutlich teurer." Mein Blick muss Bände sprechen, denn mein allerliebstes Töchterlein sagt schnell und beruhigend: „Ist doch prima, das kannst du zu meiner Hochzeit auch noch tragen." Ich liebe dieses Kind.

Fazit: trage, was dir gefällt. Egal, was die anderen tragen oder dazu sagen, bleibe dir selbst treu. Auch wenn es wie bei mir der 7. schwarze Blazer ist. Aber dieser sieht natürlich ganz anders aus als die anderen 6. Fällt nur keinem auf außer mir. Na und? Ich fühle mich gut gekleidet, elegant und sehe toll aus.

Immerhin ist schwarz nicht gleich schwarz. Es gibt braun-schwarz, blau-schwarz, grau-schwarz und fröhliches Schwarz. Ein schwarzer Blazer kann elegant geschnitten sein, oder sportlich. Kurz oder lang. Tailliert oder gerade. Mit Revers oder ohne. Oder sogar mit Stehkragen. Wieso sieht niemand diese immensen Unterschiede? Versteh ich nicht.

Und lass dir eins gesagt sein: alles, was in deinem Alter keine Falten oder Dellen hat, ist sowieso geliftet.

Jung zu bleiben bedeutet nicht, keine Falten oder Cellulitis zu bekommen. Jung bleibt man, indem man jung im Kopf ist. Spaß am Leben hat, neue Dinge ausprobiert, fröhlich ist und viel lacht. Und diese Jahre nicht allzu ernst nimmt. Lächle und lebe. Ich wünsche euch viel natürliche Freude an den natürlichen Wechseljahren. Bleibt einfach ihr selbst und habt Spaß. Ihr seid super so, wie ihr seid. Ach ja: Zu Risiken und Nebenwirkungen lesen Sie dieses Buch, oder fragen sie ihren Arzt oder die Autorin…

Zitate und Sprüche

Ich habe keine Zeit und Mühe gespart und für euch nach passenden Zitaten und Sprüchen gesucht. Und hier kommt meine Ausbeute:

Autor unbekannt: *Hormone - ab in die Ecke und nachdenken, was ihr da gerade gemacht habt!*

Autor unbekannt: *Das sind keine Stirnfalten. — Das ist ein Sixpack vom Denken.*

Autor unbekannt: *Ich weiß, ich bin erwachsen .... aber das ist eine HÜPFBURG!!!!!!*

Autor unbekannt: *Mode kann man kaufen, Stil muss man haben!*

Anthony Quinn: *Auch mit sechzig kann man noch vierzig sein - aber nur noch eine halbe Stunde am Tag.*

Burt Lancaster: *Solange man neugierig ist, kann einem das Alter nichts anhaben.*

Brigitte Bardot: *Ich bin stolz auf die Falten. Sie sind das Leben in meinem Gesicht.*

Agatha Christie: *Alternde Frauen sind wie Kathedralen, je älter man wird, desto weniger fällt das einzelne Jahr ins Gewicht.*

Doris Day: *Die Frauen machen sich nur deshalb so hübsch, weil das Auge des Mannes besser entwickelt ist als sein Verstand.*

Katherine Hepburn: *Wenn Frauen unergründlich erscheinen, dann liegt es am fehlenden Tiefgang der Männer.*

Katherine Hepburn: *Frauen von heute warten nicht auf das Wunderbare - sie inszenieren ihre Wunder selbst.*

Sarah Jessica Parker: *Die Männer mögen das Feuer entdeckt haben. Aber die Frauen wissen besser, wie man damit spielt.*

Josephine Baker: *Viele Frauen sind nur auf ihren guten Ruf bedacht; aber die anderen werden glücklich.*

Heinz Erhardt: *Frauen sind die Juwelen der Schöpfung, man muss sie mit Fassung tragen.*
(Ach Heinz......!)

I've got the power

Studien und ihre Ergebnisse

Hier habe ich mal ein wenig Internet-recherche betrieben und euch einige Studienaussagen heraus gesucht. Ich finde, das hört sich doch alles mega gut an:

(Quelle: https://www.welt.de/gesundheit/article145282990/UE-50-Frauen-fuehlen-sich-im-Mittel-elf-Jahre-juenger.html)

„Frauen bleiben länger sexuell aktiv"
Das Fazit einer Münchner Ärztegruppe: „Die meisten Frauen im Klimakterium und kurz danach genießen ihre Sexualität im gleichen Maße, wie sie es während ihrer ganzen fruchtbaren Lebenszeit getan haben."

Zwar gab es unter den älteren Teilnehmerinnen eine Tendenz zu geringerer Frequenz und geringerem Interesse, doch das liegt vermutlich auch an den Partnern der Frauen. Während bei Frauen das Maximum sexueller Aktivität um das 30. Lebensjahr liegt und nach leichtem Absinken auf einem sich kaum verändernden Niveau bleibt, nimmt bei den Männern die sexuelle Aktivität ab 30 stetig ab.

Einer gängigen Volksweisheit zufolge wandele sich die Figur der Frauen nach der Menopause entweder in Richtung „Typ Ziege" oder in Richtung „Typ Kuh", sagt sie. Frauen sind nach der Menopause also eher recht dünn oder eher dick. Frauen würden damit inzwischen gelassener umgehen. „Außerdem sind bei fülligeren Frauen auch die Falten weniger zu sehen"

Frauen in den Wechseljahren haben heute weit mehr Lebenszeit vor sich als in allen Generationen zuvor. Noch weitere 34 Jahre beträgt die geschätzte Lebenserwartung, wenn eine Frau in Deutschland 50 Jahre alt wird. Frauen befinden sich zum Zeitpunkt der Menopause also gewissermaßen in ihrem mittleren Alter – fast ein Drittel ihres Lebens liegt noch vor ihnen.

Um durchschnittlich elf Jahre jünger empfinden sich Frauen nach den

Wechseljahren, zeigt eine Studie der Universität Klagenfurt. Die Psychologinnen Alexandra Grillitsch und Brigitte Jenull hatten 99 Teilnehmerinnen zwischen 50 und 85 Jahren für ihre Studie befragt, das Durchschnittsalter lag bei 58 Jahren.

Frauen geht es, wie sie in einer Studie mit mehr als 1300 Männern und Frauen zeigen konnte, sogar besser, je älter sie werden. Im Alter zwischen 45 und 75 Jahren werden Frauen ihren Ergebnissen zufolge seltener depressiv und erkranken seltener an einer Angststörung. Auch fühlten sie sich weniger einsam als jüngere Frauen.

Bei Männern gibt es dagegen eher den gegenläufigen Trend: Sie werden im Alter tendenziell einsamer, ängstlicher und depressiver. Dass Frauen in der Mitte ihres Lebens so aufblühen, begründet Nolen-Hoeksema damit, dass Frauen ihre Stärken und Ressourcen besser zu nutzen wissen als die Männer.

Fazit: Für eine Midlife Crisis haben Frauen ab 50 wahrlich keinen Grund. Denn Fältchen, Menopause und Hüftspeck hin oder her: Mit dem Alter kommt auch die Gelassenheit. Und das wirkt mitunter sehr viel anziehender als Jugendlichkeit und Wespentaille. Das große Plus der Frauen mit 50+: Sie wissen, was sie wollen – nicht nur beruflich, sondern auch in Sachen Liebe und Sex. Das Liebesspiel wird daher mit zunehmendem Alter sehr viel intensiver. Hier gilt: Qualität statt Quantität.

(Quelle: http://www.sat1.de/ratgeber/liebe-sex/dating/das-macht-frauen-ab-50-so-begehrenswert-102858)

In diesem Sinne, liebe Damen: Think positive!

Nachwort

Ich dachte, wenn es ein Vorwort gibt, dann sollte ein Nachwort nicht fehlen.

Ich danke allen tollen Ü50 - Frauen, die mich zu diesem Winzlings-Büchlein inspiriert haben. Dieses Projekt hatte ich gar nicht geplant. Es ist mir passiert. Einfach so. Ich saß eines Tages auf meiner Couch, mein iPad auf den Knien und stöberte durch soziale Netzwerke. Und las die ganzen positiven und witzigen Beiträge meines weiblichen Bekanntenkreises bei den Social Media und dachte: hey, die sind alle in meinem Alter und total gut drauf. Sie haben ne freche Schnute, sind überhaupt nicht leise, sondern forsch und vorlaut. Sie reisen, haben tolle Hobbies und sind selbstbewusst. Frau muss nicht immer nur seufzen, weil irgendwelche …..Jahre angebrochen sind. Das ist gar nicht alles nur doof.

Daraufhin begann ich zu beobachten, sprach mit vielen Frauen meines Alters und lernte so eine Menge toller Frauen kennen. Wir lieferten uns einen

Schlagabtausch nach dem anderen, bis mir vor Lachen die Mundwinkel an den Ohren klebten.

Mit anderen habe ich alte Freundschaften erneuert, die durch Beruf, Kinder und anderem Stress jahrelang zu kurz kamen. Wir haben unseren Haushalt liegen lassen und sind stattdessen Kaffeetrinken oder Essen gegangen, es wurden alte Lieder (von Schallplatten natürlich) und Fotos hervorgekramt und wir stellten fest, dass die guten, alten Zeiten zwar wirklich toll waren, aber heute irgendwie alles einfacher geworden ist.

Nach so einem beflügelnden Abend, den ich mit einer guten Freundin bei diversen Cocktails und einem guten Essen verbrachte, habe ich mich an meinen Rechner gesetzt und einen Beitrag über Frauen ab 50 geschrieben, den ich anschließend in einem sozialen Netzwerk veröffentlichte. Die Resonanz war überraschend positiv. Ich wurde von vielen Frauen angeschrieben und gebeten, mehr darüber zu schreiben. Das habt ihr jetzt davon. Jetzt seht zu, was ihr mit diesem Buch macht.

Verschenkt es an eine liebe Freundin, eure Mutti oder einfach an alle Frauen über 50, die ihr kennt. Empfehlt es gern weiter, oder zündet euren Kamin damit an. Somit verschafft euch dieses Büchlein wenigstens noch ein gutes, warmes Ambiente.

Ich danke euch von Herzen für eure Aufmerksamkeit.

Eure Jacqueline

Über die Autorin

Jacqueline Schober ist seit 2007 hauptberuflich als Hundetrainerin im eigenen Betrieb tätig.

Die Autorin ist stolze Mutter von zwei erwachsenen Kindern und lebt mit ihrem Mann, 5 Hunden und einem dicken Kater in der schönen Stadt Jever. Das ist da, wo das gute Bier herkommt.

Wenn sie keine Hunde trainiert oder Seminare gibt, Sachbücher zum Thema Hundeerziehung oder lustige Hunde-geschichten schreibt, verschlingt sie Bücher aller Art. Sie ist bekennende Leseholikerin und Schokifan.

Danke

Danke an Bettina, Martina, Karen und Gitta, meine Testleserinnen, die vorab lesen durften und mich immer wieder ermahnt haben, ich soll endlich lernen, nicht ständig in den Zeiten zu springen. Danke für eure Ehrlichkeit und eure Hilfe.

Danke auch an meinen Mann. Er war der Erste, dem ich zaghaft dieses Manuskript zu lesen gab. Und als er sich prächtig darüber amüsierte, gab mir das den Mut, mehr daraus zu machen, als es in den Tiefen meines PC's zu verschachern.

Danke an alle, die an mich geglaubt und mir Mut gemacht haben.

Danke an meine Familie und alle Freunde, die an meiner Seite mein Leben bereichern.

Und danke an dich, dass du dieses Büchlein gelesen hast.